从此鲜花赠自己

[韩]跳舞蜗牛 著

官紫依 译

文化发展出版社
Cultural Development Press
·北京·

图书在版编目（CIP）数据

从此鲜花赠自己 /（韩）跳舞蜗牛著；官紫依译
. — 北京：文化发展出版社，2023.10
ISBN 978-7-5142-4069-6

Ⅰ.①从… Ⅱ.①跳… ②官… Ⅲ.①随笔－作品集－韩国－现代 Ⅳ.①I312.665

中国国家版本馆CIP数据核字(2023)第165249号

적당히 가까운 사이 (Moderately close relationship)
Copyright © 2020 by 댄싱스네일 (Dancingsnail)
All rights reserved.
Simplified Chinese Copyright © 2023 by Beijing Huazhang Tiancheng Culture Communication Co., Ltd.
Simplified Chinese translation Copyright is arranged with BACDOCI,CO., LTD .
through Inbooker Cultural Development (Beijing) Co., LTD.

北京市版权局著作权合同登记号：图字 01-2023-4703

从此鲜花赠自己

著　　者：[韩]跳舞蜗牛
译　　者：官紫依

出 版 人：宋　娜　　特约编辑：王　猛
责任编辑：孙豆豆　　责任校对：岳智勇　马　瑶
责任印制：杨　骏　　封面设计：李果果
出版发行：文化发展出版社（北京市翠微路2号 邮编：100036）
网　　址：www.wenhuafazhan.com
经　　销：全国新华书店
印　　刷：河北朗祥印刷有限公司

开　　本：880mm×1230mm　1/32
字　　数：72千字
印　　张：7.5
版　　次：2023年10月第1版
印　　次：2023年10月第1次印刷

定　　价：58.00元
ＩＳＢＮ：978-7-5142-4069-6

◆ 如有印装质量问题，请电话联系：010-68567015

序言

  从小我就不合群。在学校里,我就像一滴不溶于水的油,总是独来独往。以前以为长大了人际关系自然而然就会变得简单,但这只是以为。长大后的人际关系需要注意和了解的东西并不会变得更少,只会成倍增加。给朋友发消息时应该在什么时间点结束对话?和同事聊工作上的事情时可以发表情包吗?一两年也联系不了几次的同学的婚礼要去参加吗?如果去,份子钱多少合适呢?诸如此类的新烦恼不断产生。

  脑子被这些烦恼填满,好似一张已经用油性蜡笔涂满的画纸又被涂上了一层色彩。我对各种各样的事情感到疲惫时,便极其讨厌别人,甚至一周都不想和别人讲话。这是交际能量即将耗尽的信号,也是人际关系急需"排毒"的时候。

  大家多多少少都有类似的经历吧?近些年,"吸猫""撸狗"、养绿植大受欢迎或许就是这个原因。然而,假装可以独自生活在这个世界上的我,实际上是一个很懦弱和很依赖他人的存在，这真是自相矛盾。类似艺人不幸去世或者好友举办婚礼这种事情，总会触动我的心海，让原本恬静的海面时而涟漪层层，时而汹涌澎湃。人，无法脱离周遭，完全置身事外地活着。

但是，人们因身处事内而疲惫的同时，却又总是渴求只有在人际关系中才能获得的满足感。所以，在和别人交往的时候，为了不让自己感到疲惫并且维持生活的平衡，我遵守着几个适合自己的交际法则。从去年开始，我一直遵守的其中一个法则是"我没有义务去接触我讨厌的人"。虽然听起来很容易，但是真正去做的话还是有很多顾虑。讨厌到什么程度的人是应该划清界限的？义务的基准又是什么？这些都比想象中要难得多。如果都很讨厌，不想接触的话，又担心自己变成一个孤僻的人。虽然这么说，但我已经尽最大可能去倾听自己的内心。

或许因为在这个时代，人人压力过大，"小确幸"才得以流行了好几年。但是我发现，比起承受压力之后寻找排解的方法，一开始就努力不去做讨厌的事情更让人自在。作为努力的一环，我正在尝试"人际关系懒人主义"，即在适当的范围内切断对我的精神健康产生哪怕一丁点负面影响的联系。我不想在所有人面前当好人。如果我的内心足够平静，就不会在意别人的评价。过度看别人眼色、修复破碎的自尊心已经花费了我人生的大部分时间，余生我不想再这样下去了。

现在，我既不想成为伪善的人，也不想成为多么受欢迎的人。我想把更多的精力放在做好自己，过幸福、舒适的生活上，做想做的事，见想见的人，写想写的字，画想画的画。我要极大限度地减少时间去做应该做的事，见应该见的人，写应该写的字，画应该画的画。在我看来，"想"与"应该"是有天渊之别的。

我的一个熟人听说多喝水有利于减肥，于是每天喝两升水，结果手上长了湿疹。她去医院询问了发病的原因，医生说可能是她一直以来不怎么喝水，突然大量饮水导致的。我嘲笑她是个人形加湿器，但更重要的是通过这件事我意识到了一点：原来别人都说好的东西，对我来说并不一定好哇。

根据每个个体的不同，根据情况的不同，舒服关系的种类和范围都不一样。在某一种关系中，如果无法做到像小河水流入大海那样合群，那就作为一滴油活着，不要为了融入某个关系而不断改变自己。比起去见应该见的人，我更想多见见想见的人。

在这里，我想对那些站在适当的距离，理解我的不随和，还陪伴在我身边的家人、朋友以及熟人表达诚挚的感谢。

跳舞蜗牛

目录

第 1 章

不要太近也不要太远

01 对个人世界的"入侵" 002

02 "无所谓"和"不是就算了" 005

03 人际关系懒人主义 008

04 累的话，就大方说出来 011

05 如何改掉不够通情达理的毛病 014

06 我们就保持这个距离吧 016

07 你能配合我吗 019

08 既不当社交达人也不当"社恐"患者的自由 023

09 像发卡一样需要的时候就找不到的人 027

10 爱情结束的小理由 030

11 轻易忘记的权利 032

12 写给再也不见面的人 035

13 困难人群俱乐部 039

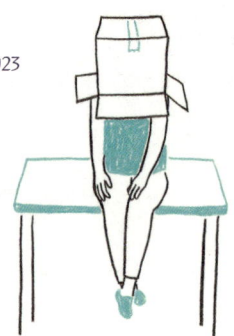

14 饥饿的内心 042

15 婚礼上偶遇老同学 044

16 心动的机会成本 047

17 现在这样就很好 050

18 心门慢慢关闭的理由 052

19 没有以爱为名的离别 056

20 深爱的人们 059

21 不太好的日子要拿来浪费 061

22 害怕被人发现自己并不是一直很开朗 064

23 "善良的人"和"坏家伙" 068

第 2 章

我的各种情感总是正确的

01 不要成为这个世界的"乙方" 074

02 我说不舒服那就是真的不舒服 078

03 和他人比较之后的慰藉和不安 081

04 以眼还眼，以人还人 084

05 安定与热情之间 086

06 不酷也没关系 089

07 致忧心忡忡的你 091

08 既然有缘无分,那就顺其自然 094

09 与其勉强原谅,不如直面伤害 096

10 我的各种情感总是正确的 100

11 各自的回忆 106

12 关系可信,但人不可信 108

13 虽然很孤独,但是不想谈恋爱 111

14 无论何时,都能做出更好的选择 116

15 不再追究给我带来伤害的人 120

16 能无条件拥抱我的只有我自己 123

17 就算不和所有人关系好,我也非常不错 127

18 单身礼金 132

19 人无法控制的是人心 136

20 心脏寄存处 142

21 一个人也没关系 146

22 如果一个人也能过得很好的话 150

第 3 章

人的身边总是需要另一个人

01 你和我之间有一条看不见的线　154

02 不是很亲密的关系　158

03 心中合适的缝隙　163

04 一个人与一群人之间　166

05 没有非他不可的人　169

06 某个人闯入内心的话　173

07 光心动是不够的　175

08 缘分什么时候才会来啊　178

09 要敢于全心全意付出　180

10 我决定不再执着于一起度过的时光　183

11 友情是什么　187

12 人的身边总是需要另一个人　190

13 在各自的人生中各退一步　193

14 不会被时间冲淡的东西　197

15 不要把关系当作创造幸福的道具　200

16 食物的香气和风的气息　204

17 真的和我一模一样　206

18 有很多事情比吃饭更重要　211

19 减少没有意义的人脉负担　215

20 虽然时间短，但有分量足够的真心　219

21 打开彼此的世界　222

22 能分享破碎的心的人　224

第1章

不要太近也不要太远

01 对个人世界的"入侵"

无论是什么好话,

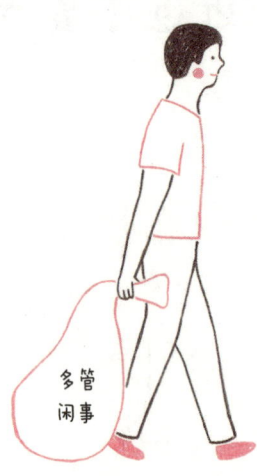

对方不想听,你却偏要说,

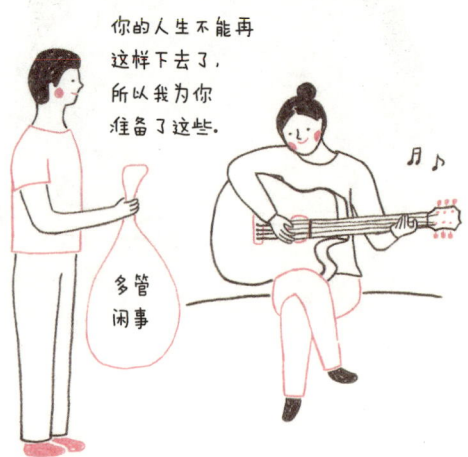

只会显得多余。

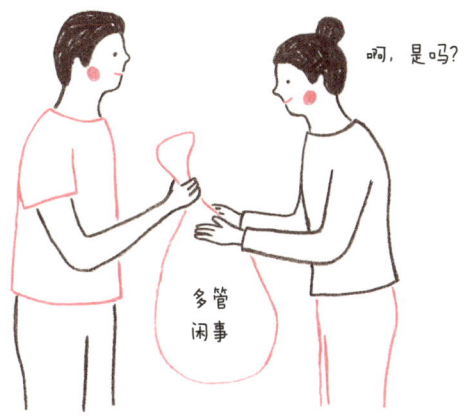

忠告一定是在对方求助的时候才最有效。

人为了不失去自己的本性和独立性，就要拥有独属于自己的个人空间。德语将这个空间称为"spielraum"，在韩语中没有任何一个单词能够与这个单词的意思准确对应。没有概念的话，就不存在符合这个概念的现象。真的是这样吗？

在大多数人都不太重视个人空间的社会，经常发生侵犯个人空间的事情。比如，很多人在乘坐公共车辆的时候，却都不在意那些不顾他人叉开腿坐或推搡他人的行为……在这样的社会中，对于侵犯他人的个人空间的重视程度肯定不高。

如果一位熟人来拜访我们，不经过我们的同意就乱翻冰箱、推开卧室的门，那么他的来访就成了"入侵"。这种日常生活中物理意义上的安全空间被侵犯所带来的不安感，我们不妨把它代入心里思考一下。把自己的思想强加给别人，就算是出于担心，也等同于对对方的精神世界即心理空间的侵犯。

正如同我们不能随意侵犯他人的个人空间一样，对他人的话语和行为也要多加小心，以免侵犯他人的内心。忠告要看时机，如果对方没有主动求助，那么无论是多么令人受益匪浅的人生真理，暂时不说也无妨。

02 "无所谓"和"不是就算了"

当世间万事没有一件如意，

以及懒得对别人失望的时候，

需要"无所谓"和"不是就算了"的精神。

无数次对那些不遂我们所愿的人感到失望。当然，我们知道这种事情不只发生在自己身上。但是日复一日地被网络上那些沉重得让人感受不到人间爱的信息缠绕，致使我们无可奈何地开始讨厌某些人。大概可以说，这是一种对某些人过敏的感觉吧。

不管怎么说，这也要怪自己对周围的人和世界抱有过于理想化的期待。因为我们在开始结交新朋友之前，通常不会展现自己本来的样子，而是倾向于给自己戴上面具或加上滤镜。这并不完全是不好的，但是为了更好地处理人际关系，必须记住以下两点。

"无所谓"和"不是就算了"。

合理运用这两点，将裨益身心健康。

这既是让我们能更加谦虚地接受难以理解的状况或人的方法，也是从公平角度上传达自己意见的对策。只要记住这两点，无论你遇到多么奇怪的人（根据奇怪程度的不同，花费的时间也不同），都能心平气和。

> **让人际关系变好的小技巧**
>
> 当你对他人失望或事情的结果并不令人满意的时候，带着"无所谓"的态度，做好说"不是就算了"的准备吧。适当去接受，解救自己内心的方法其实格外简单。

03 人际关系懒人主义

当你不知道自己与某个人的关系怎么样的时候，

最准确的测试自己内心的方法是，

用"懒人测试仪"测试一下你心里的声音。

对方提出的请求会不会让你觉得麻烦。

对我来说，在处理人际关系问题上，没有比懒人主义更好的测试方法了。如果自己对对方有好感，那么即使觉得麻烦，也会心甘情愿地接受对方的请求。如果连愿不愿意和对方一起度过一段时间都懒得考虑，那么是时候果断放下这段关系了。

这个世界似乎选择和专注大于一切，更何况大家不是都说"不心动的话就舍弃"吗？所以，比起在各种若有若无的关系中犹豫不决，采取懒人主义是不是更好呢？

你的手机里是不是堆满了懒得回复的消息呢？如果是，我建议你从这些发消息的人开始进行人际关系整理。

04 累的话，就大方说出来

如果你每天都过得很舒服，而且感到满足，

011

我敢肯定，一定是你身边的某个人对你照顾有加。

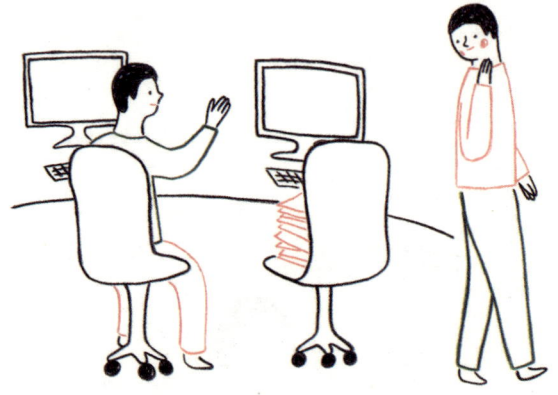

如果没有某些人的照顾，
你就无法拥有如此安稳的一天。

大多数人都是站在自己的立场上看待世界和他人。越是习惯于被照顾的人，越容易忽略对方的感受，因为这样的人总是单纯地认为"对方应该和自己一样舒适吧"。与之相反，倾向于照顾别人的人在感到不舒服的时候，对别人的不适感也很敏感，于是自然而然地变得更加照顾对方。因此，这些以自我为中心的人，既无法看出别人的关怀照顾，也无法看出别人的不适。

如果要为了以自我为中心的人而牺牲自己，那就把自己做过什么事都表示出来，累了就大大方方说出来吧。与其什么都不说，期待对方理解自己，不如直截了当地表达自己的想法。这样一来，也许你和对方之间能够形成互相关怀的途径。

05 如何改掉不够通情达理的毛病

（1）

要认识到直言不讳有可能会对他人造成伤害。

（2）
不要不经大脑什么都说，却还想获得对方的理解。

（3）
在说话之前先想一想，
自己提出的问题是不是"越线"了。

06 我们就保持这个距离吧

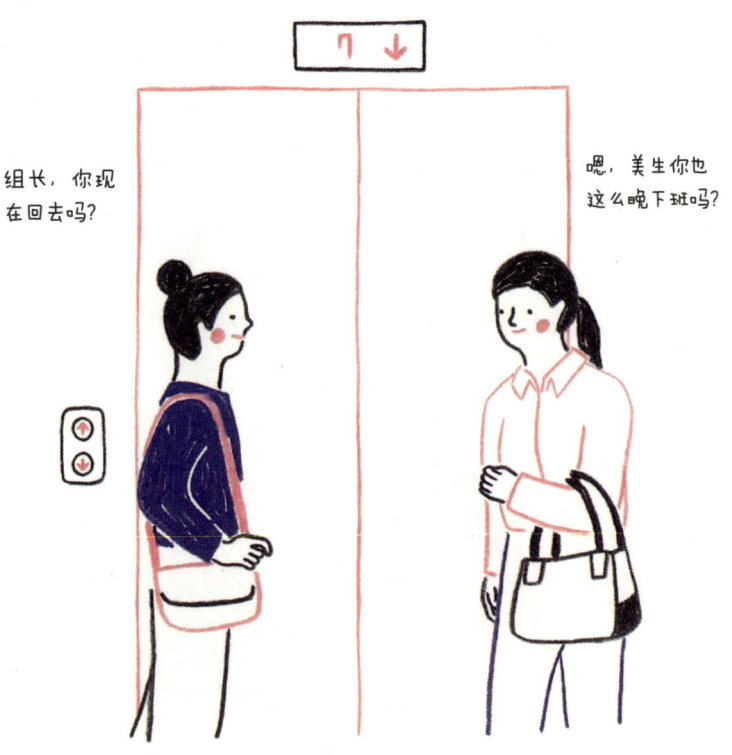

如果她喜欢我就好了。

想和她亲近一点。

但是我不想让距离变得太近。

我总觉得在工作中认识的人，无论关系多么近，私下都不能成为好朋友，因为工作中的我和其他状态中的我实在是太不一样了。我担心假如自己无意中表现的情绪化的一面，会对职业生涯造成影响，所以下意识地将两者划清了界限。以前，我曾经多次越线，这致使我现在更加谨慎小心。

从事插图外包工作和写作工作之后，我经常要和出版社的相关人员联系。有一天，我偶然知道很多作家和编辑的关系都非常好。这种融洽的工作关系让我觉得自己和主编的距离是不是太过生疏了，从而形成了比较。虽然不是很想追求这种关系，但奇怪的是我很羡慕。我觉得自己可能太死板、太不近人情了，这让我内心很混乱。从性格上来说，我还是觉得和工作上认识的人走得太近会很不舒服。

对于想亲近一点却又不想走得太近的同事，我们就保持适当距离吧！

07 你能配合我吗

有些人把别人配合自己当作理所当然，

并对对方抱有期待。

而有的人总觉得，只有配合对方，自己才安心。

在一段关系中过度抑制自己的欲求,
反而去顺从对方,

其实就是不给对方任何了解自己的机会,

以及配合自己的机会。

08 既不当社交达人也不当"社恐"患者的自由

虽然他人的过度关心让我倍感压力,

但是我不想当一个"小透明"。

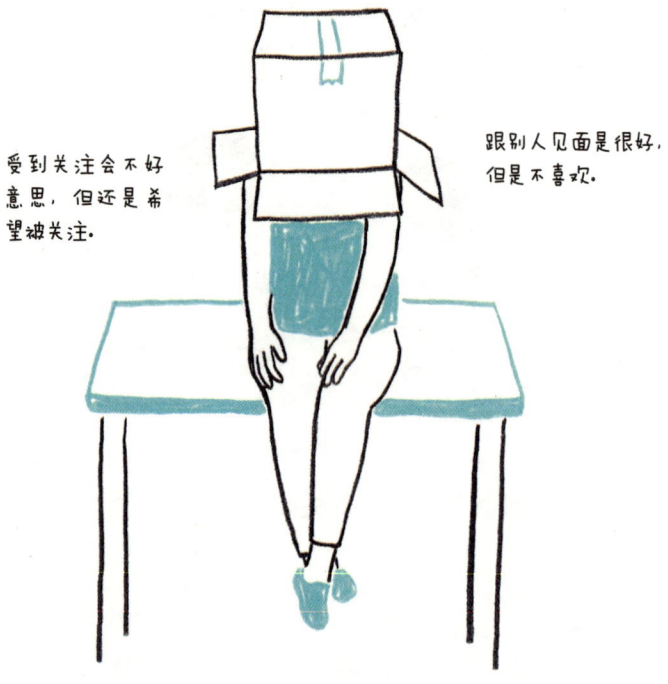

我活在"社恐"和"社牛"之间的某个角落。

我虽然很害羞,不想太活跃,但是我终归是一个渴望被关注的人,时不时会羡慕那些社交达人。

我一方面暗自希望得到别人的关注,另一方面又觉得突如其来的关心会令自己有心理负担,因而想要逃避。更烦人的一点是,如果我遇到对自己冷漠的人,会有一种冲动——想上前一步打破我们之间那隐形的隔膜。

不只是我,大部分人在面对不同的对象和状况时都会随时改变态度,因为只要一个地方聚集了两个以上的人,就会产生关系的流动,这在心理学中称为群体动力学。

例如,在讲述人类和人工智能之间的爱情的电影《她》(*Her*)中,主人公西奥多和人工智能系统萨曼莎像拔河一样反复拉扯,制造了关系的流动。在这个过程中,萨曼莎学习模仿人类的共情能力,并实现自我发展。人工智能系统尚且如此,那么,在人际关系中,我们的情绪不稳定,也算是非常自然的心理活动。

关系的流动也不尽相同。我们终其一生,反复在他人的过度关心与冷漠之间寻找关系的平衡。这个过程不可能总是愉悦的,但是不可否认的是,正因为如此,我们的生活才变得更加多彩、更加有意义。

让人际关系变好的小技巧

如果有人把我推开,我就想靠近;如果对方向我靠近,我就想走开,这种心理并不奇怪。无论是社交达人还是"社恐"患者,都不要试图让自己属于哪一方,也不要规定自己属于哪一方,不妨让自己更自由地沉浸在周围的各种关系中。

09 像发卡一样需要的时候就找不到的人

有的东西总是在身边晃得人心烦,
但是突然需要它的时候又找不到。

发卡、唇膏、眉笔芯、雨伞,还有……

我需要的时候总是很忙的那个人。

如果我需要的时候，他不能陪在我身边，
那么这和一开始就没有出现有什么不同？

如果四处散落的发卡在我需要的时候却找不到，那就说明它没有充分发挥自己的作用。人也是如此。我们周围总会有这种人：明明就在某个地方，想找的时候却像发卡一样找不到。当他需要我的时候，轻易就能联系上我；但当我需要他的时候，就没有那么容易能联系上他。甚至当我对他谈论起这种委屈的时候，还会被他看成黏人精。

嘿，你这个坏家伙！至少发卡不会让我孤零零的啊！

正如同我不会感谢四处散落的发卡一样，对于每次需要的时候都不在身边的人，我也不会记得他在我身边时的珍贵。所以，没有必要单方面地费尽心思留住那些像四处散落的发卡一样的人。需要的时候却不见的人，还不如一开始就不相识。

10 爱情结束的小理由

爱,

始于并不伟大的理由,

又因为微不足道的事情，

走向了终点。

11 轻易忘记的权利

平平淡淡无事发生的一天，

被一条消息搅乱。

比起看着你过得很好的样子，

我更讨厌这么在意你的自己。

忘记，不，是连忘记都不能由我掌控。

有的时候会觉得"好友推荐""多年前的今天"这种网络功能是信息时代的一大弊病。这是因为,虽然回忆过去让我感动,但是不愿唤醒的记忆也会在意想不到的时间点出现。

蜻蜓点水般感受一下之后,想要斩断却又没那么容易斩断的数字关系。它的分量有多重,又有多轻呢?到底该怎么做才能处理好呢?按下屏蔽键就真的意味着结束吗?

我们都清楚地知道,我们会在意曾经给予过自己真心的那个人,有些记忆仍然无法释怀。

在这个时代,我们迫切需要轻易忘记的权利和轻易被忘记的权利。

12 写给再也不见面的人

别妄加指责你所讨厌的那些人,

……

你好!
我是存在于别人身体里的
你讨厌的样子。

说到亲近的朋友，相比于和我类似的人，性格和我相反的人更多。我很容易把自己与他人相提并论，所以对和我不同的人很宽容，但与拥有同样缺点的人相处要困难得多。这样看来，有时候看似在对别人发火，实际上是在内心深处对自己发火。

对某个对象的否定和敌对心理，很容易因为情感的转移而再次让自己陷入病态。很多人为了证明自己的正确性而指责他人，但越是粗鲁地指责对方，越容易给对方机会控诉"你是个不善于调节情绪的怪人"。

就算这样也还是要发火的话，我们首先有必要辨别这是不是自我责难，以及我们是否真的需要表达这种主张。也就是说，我们应该再三考虑一下，对方是否值得自己不惜损害名声、耗尽精力也要发火。比起把宝贵的精力浪费在一个讨厌的人身上，尽可能用来珍惜喜欢的人不是更好吗？那么，对于不会再见面的人，请暂时收起自己的指责吧！

13 困难人群俱乐部

如果和某个人进入了无话不谈的阶段,

迅速就能感受到一种归属感。

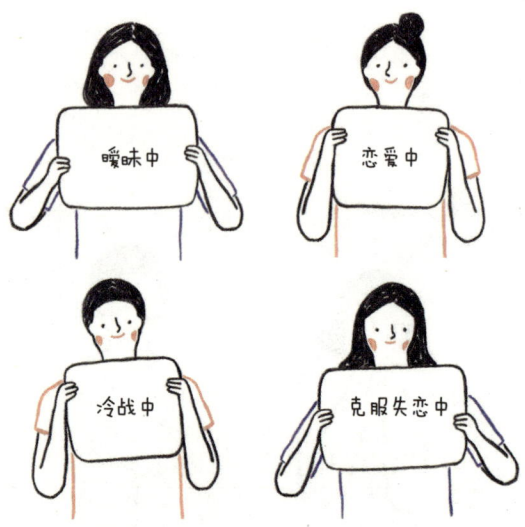

但是随着时间的流逝，
这种归属感会被细分。

渐渐地，又难以理解对方了。

讨论共同的话题，能将完全没有关系的两个人团结在一起，而紧接着，人际关系的烦恼也会成为谈论焦点，因为即使是世界第一社交达人，也多多少少会有人际关系方面的烦恼。

然而，对我来说，如果我觉得这段关系不值得信任，就不会与对方谈心。当我对某个人吐露对人际关系的苦恼时，这其实意味着"现在我们是能够互相信任的关系了"。

正是因为互相传达了自己的真心，所以与其他关系相比，经过了这种对话之后变得更坚实的关系，确实会随着时间的推移产生越来越深厚的情感。遗憾的是，无论多么紧密的关系，各自所处的情况不同，烦恼和关心的事物也会有所不同，最终可能会由深变浅，甚至形同陌路。

人，为什么如此难以理解呢？无论怎么相处，仅仅是相互熟悉，而无法彻底看透。

14 饥饿的内心

难以入睡的凌晨,

无数次打开冰箱， 不知道应该喝点什么。

因为饥饿的不是胃，而是内心。

15 婚礼上偶遇老同学

隐约还记得脸庞,名字却早已忘记了。

装作熟稔,却不知道聊些什么。

 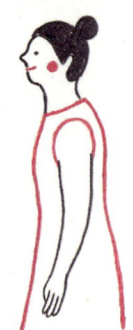

为了缓解尴尬，我只得让自己重返校园时光。

物是人非，我们的样貌都变了许多啊！

我是个不擅长记别人名字的人,每当遇到许久不曾联系的老同学,都会尴尬不已。对此,只好怀着抱歉的心情装作还记得对方的名字,一边搜寻过去的事情,一边"尬聊"。

学生时代,小团体这个东西似乎是我们唯一且宽广的世界。但是看到大家在经历了岁月洗礼之后的模样,我不禁思考,那时我们为什么如此看重这个小团体呢?

终了,对这位记不起名字,大概率不会再见面的老同学进行亲切却淡薄的问候之后,我带着奇妙而又苦涩的情绪回家了。

16 心动的机会成本

12月的相亲

7月的约会

心动总是附加着"舒适"这一机会成本。

想取消约会……呜呜!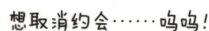

对宅男、宅女或追求懒人主义的人来说,在酷暑或严冬出门见人,通常意味着找到了"真爱"。

在这之前,无论天气好、天气不好还是天气刚刚好,这样的人都只想宅在家里。对这样的人来说,抛下超大领口T恤的舒适感和超细纤维睡裤的爽滑感,继而选择换装、打扮,这需要比其他人多好几倍的热情。

由此可见,心动的成本真的很高呀!

17 现在这样就很好

我也没信心对自己
以外的人负责。
现在这样就很好……
就这样好好的，不行吗？

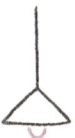

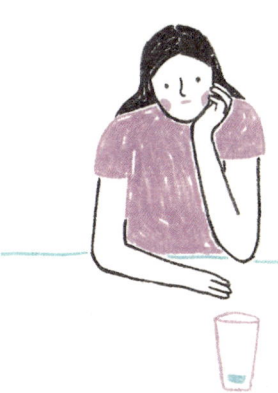

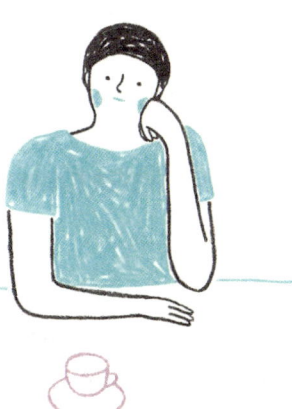

18 心门慢慢关闭的理由

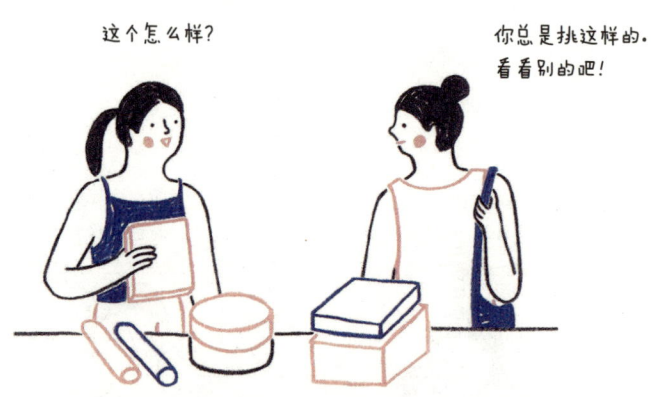

在细小的抉择和判断无法得到尊重的关系中,

通往内心的那道门便慢慢关上了。

这种事情越来越多,
连我的存在本身也被否定了。

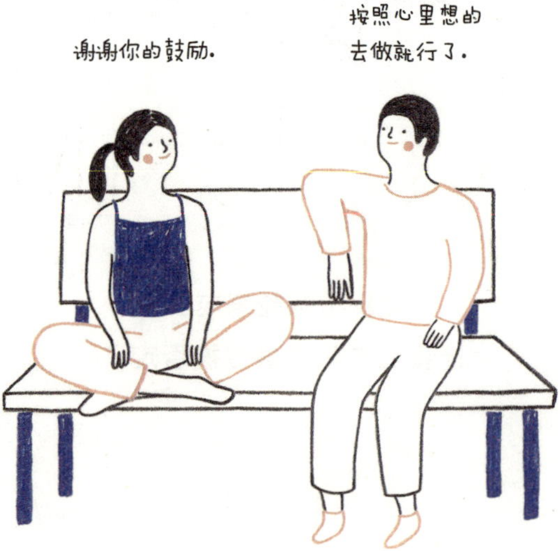

有段时期，与周围的人打交道时，我就像一头事事计较的倔驴。在一段亲密关系中，我为了维护自尊而采取了扭曲的方式，以至于投入了过多的精力，却听不到自己内心真正的声音。现在回过头来看，这一点真的非常遗憾。

在一些小事上，自己的选择常常不被尊重，最终导致我不再专注于寻找自己真正想要什么，而是习惯坚持自我，直到自己的意见被认可。也就是说，拒绝对方，坚持己见，成了我唯一的目标。

随着次数的增加，我们越发难以相信自己做出的选择，所以对于尝试挑战新事物会倍感不安，徘徊不前。

我很喜欢这样一句台词："我很理解你，但是……"如果想表达与对方相反的意见，必须先给出起码的理解和尊重，就凭这一点，对方也能理解你是多么珍惜这段关系。

让人际关系变好的小技巧

如果你身边有伤害你自尊心的人，而且他的态度无法轻易转变，那么在你无法确定自己想要什么之前，给他一点时间并保持距离吧。我们需要的，也许只是尊重和满怀真心的支持。

19 没有以爱为名的离别

这个世界上有几句荒诞的话，

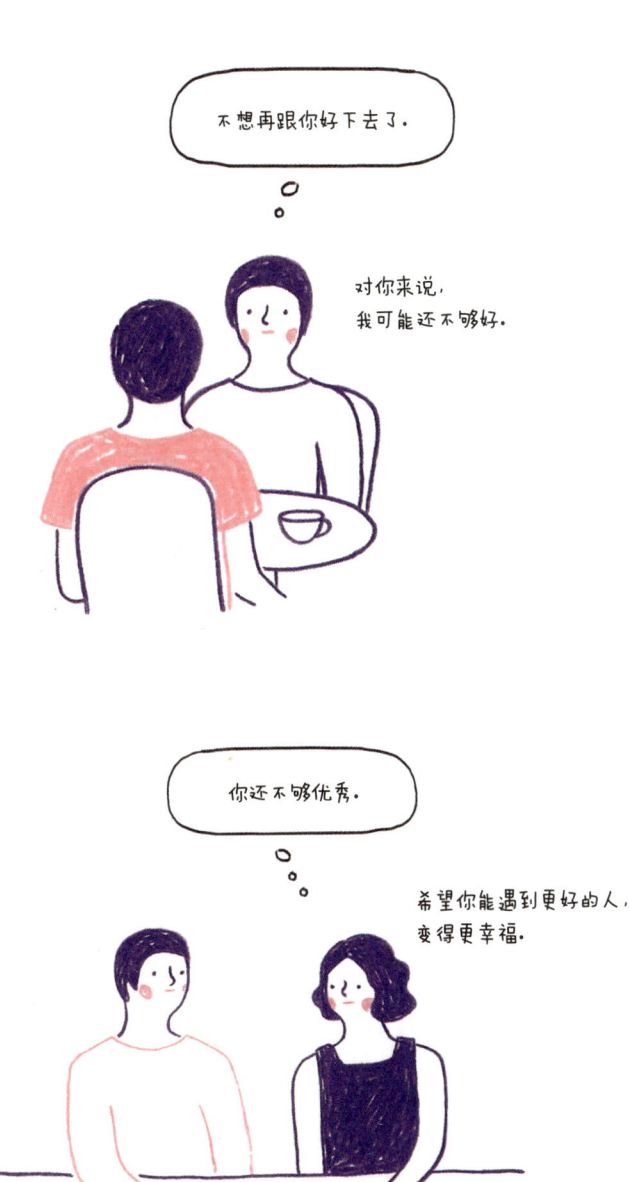

也许有爱而不得,

但没有因爱而别,一定没有。

20 深爱的人们

"因为太爱你了,所以才这样的。"

有时候,我们明知道这种方式不好,却还是在无意中通过语言或行动给对方造成伤害。明明亲密到想了解对方的一切,想和对方分享一切,却总是让对方受伤,自己也跟着受伤。

反省过后,即使后悔了,那些如同生活习惯般冷漠的行为还是会反复给双方造成伤害。然而,如果心里只想着自己享有随意表达的自由,却不给予对方关怀与尊重,或许在失去自由之前,我们会先失去对方。

爱心底下"那尖锐的部位"也许是刺痛对方的一把矛枪。如果某个人以"因为爱你"为前提给你造成伤害,那也许是隐藏在爱的面具底下的暴力。

让人际关系变好的小技巧

人不能因为亲密相爱就口不择言、为所欲为,也不能因为个人的自由而给对方带去暴力。

21 不太好的日子要拿来浪费

狂买东西

或者吃美食也不能让自己好起来的时候,

真的不知道该怎么办。

让自己好起来的方法,有人能告诉我就好了。

经历过失去的人都知道,无论在搜索引擎里搜索多少次"面对离别的方法",都找不到灵丹妙药。为了不让丧失感溢出来,我们拼尽全力对其围追堵截,但都只是治标不治本。

不要轻易丢掉珍贵的东西,重蹈覆辙只会和现在一样痛苦。

这句话虽然残忍,但是这个世界上确实没有能让人从丧失感中走出来的方法。我们只能浪费掉这些不太好的日子。迄今为止,我们还没有找到比这更好的方法。

22 害怕被人发现自己并不是一直很开朗

有的人能像空气一样
自然地融入任何群体,

也有的人为了融入新群体
承受着巨大的压力。

实际上不只是我一个人谨慎，
　　对方也很小心翼翼。

这种时候不要勉强自己，

留一点时间慢慢融入吧！

虽然我有点儿怕生，但是对我来说比起第一次见面，第二次、第三次更艰难，因为见过一次之后，要一整天在别人面前表演"想给你看的我"并不容易。大家互相只认得脸，还不太亲近的时候最不舒服了，因为我害怕久而久之大家发现第一次看见的我并不是真正的我，还害怕大家知道我实际上并不潇洒也不总是开朗之后而不想和我亲近。

这种担心总是带来尴尬，最后大家无论说什么都说不到一起去。我先保持冷漠的话，对方就更加难以靠近我。这个时候，如果心里惴惴不安，急于亲近对方而做出一些过分的行为，反而很可能会让彼此产生隔阂。

其实不只是我，大部分人都更关注自己，对方也同样处在对我保持警惕的阶段，或许他在清楚地了解我之前也在慢慢地对我进行探索。只有熟悉到某种程度，我们才能开始看见对方的内心。在对方消除警惕、敞开心扉之前，我们只需要给双方一点点时间。当然，我们的心扉也要一点点打开。

23 "善良的人"和"坏家伙"

对某个人来说和睦的家庭,

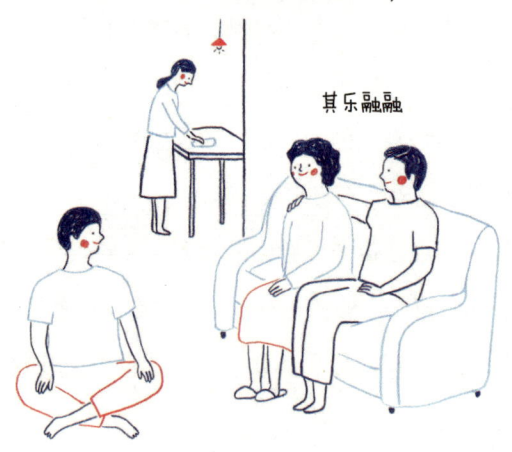

对另一个人来说意味着不在自己家(婆家)。

对某个人来说有点儿差劲的恋人，

对另一个人来说意味着捡到宝了。

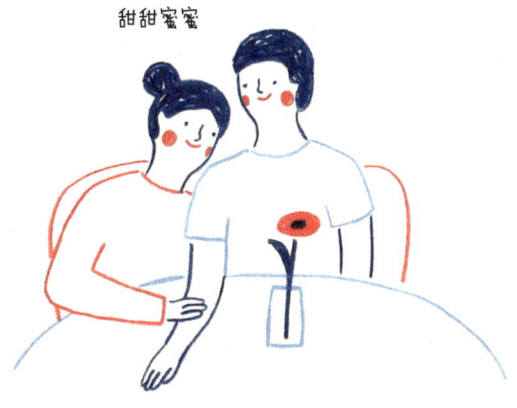

身为成年人,
要立体地看待他人并包容他人。

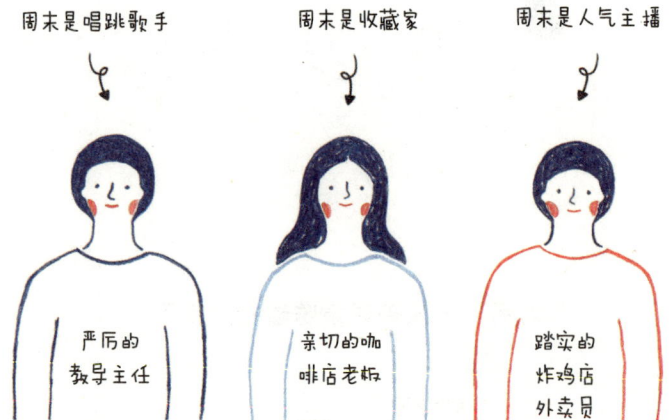

每次画画的时候，我都想着"要是能画出无论是谁都能一眼认出的，只属于我的风格就好了"，但是我又担心某个人说他认得我的画，因为我害怕自己被局限于固有印象里。然而，在生活中，我也会习惯性地以固有印象看待周围的人。

小时候，当发现自己眼中和蔼的奶奶竟然是妈妈眼中碎嘴的婆婆时，我大为震惊。原来，每个人给他人的印象都不甚相同。

在这个世界上不是只存在"善良的人"和"坏家伙"。我们无法在所处的关系中成为人人都喜欢的人。如果我们能承认这一点，或许那些原来完全无法接受的人现在也能坦然接受了吧。

第 2 章

我的各种情感总是正确的

01 不要成为这个世界的"乙方"

经常去你那边的是我,

经常配合你时间的是我,

但是为什么对你来说我总是个无所谓的人呢?

我再也不会寻找这个问题的答案了。

因为现在我不想当这个"乙方"了。

在一段关系中，更宽容的一方似乎不得不成为"乙方"。不只是在亲属关系、恋人关系、朋友关系中，甚至是在同事关系中，也可以体察到双方姿态和地位的高低。

你是不是总给对方轻微的亲切举动赋予过多的意义，或者因为对方的无心之举而黯然神伤呢？如果这类事情频繁发生的话，那么你在某种关系中很可能处于"乙方"的位置。

在现有的人际关系网不断缩小的时期，人们更难以忍受孤独，于是对身边所存在的一切关系都充满感激。

每个人都有珍惜、善待身边人的方法。但是，如果对方在这段关系中只把自己排在第一位，那么这个人本身便不值得感激。所有的人际关系都应该遵循公平对等的原则，谁都没必要像一个欠了债的人一样看对方脸色。

我的立场和态度会根据关系的状态自然而然地发生改变。虽然不是有意的，但是我也曾成为过某个人的"甲方"或现在正在成为某个人的"甲方"。因此，我不会过分怜惜曾经是"乙方"或现在是"乙方"的自己。

如果你在某种关系中正扮演着"乙方"的角色,我希望你能记住,你的那种态度将会直接影响双方的关系以及与自我的关系,甚至可能会影响你的人生。唯有摆脱人际关系中"乙方"的角色,你才能避免在不知不觉间成为这个世界的"乙方"。

02 我说不舒服那就是真的不舒服

当你对没礼貌的人表达不舒服的时候,

如果对方一点儿都不觉得抱歉的话,

你就会莫名觉得似乎只有自己成了坏人。

实际上，明明是对方不礼貌哇！

有些人拥有一种神秘的"能力",明明是他们犯了错,却倒打一耙,让我们感到抱歉。他们总是给我们的不舒服贴上"敏感""夸张"的标签。我们明明知道这不是自己的错,但是一听到这种话就心里发怵,于是减少了对自己的确信。

我们询问身边的人:"在这件事情上,我们觉得很不舒服,是我们太敏感了吗?"然后思考如果是别人的话,遇到相同的情况会怎么处理。

不舒服就是不舒服,我们的不舒服不需要获得别人的许可。在缺少换位思考的情况下,希望我们都能给自己的情绪一些自由。

让人际关系变好的小技巧

我是一个比别人更敏感的人,但这并不能成为别人忽视我情绪的理由。当你遇到让自己感到不舒服的事情时,请反复思索这句话——"我不舒服就是不舒服"。

03 和他人比较之后的慰藉和不安

对于郁郁寡欢的朋友，虽然我会安慰他，
但又觉得他不如自己坚强。

对于意气风发的朋友，虽然我会祝贺她，
但又担心她比自己强太多。

这让我讨厌自己并且对自己很失望。

和他人比较之后,只剩下微不足道的慰藉和不安。

心啊,你是什么时候变得这么刻薄的啊?

有时候，我们无法真诚地安慰或祝贺他人，并对这样的自己感到失望。

这是比较心理在作祟。"比较"的可怕之处不在于现在的我们达成什么或拥有什么，而在于随着时间的流逝它可能会像习惯一样烙印在我们的身体里。真正的自尊不是由比较产生的相对满足感获得的，而是通过绝对的自我认可获得的。如果我们能记住这一点，那么就能对他人真诚地表示安慰和祝贺。

04 以眼还眼，以人还人

对我不礼貌的人，我虽然没必要故意无礼，
但是也没必要亲切对待。

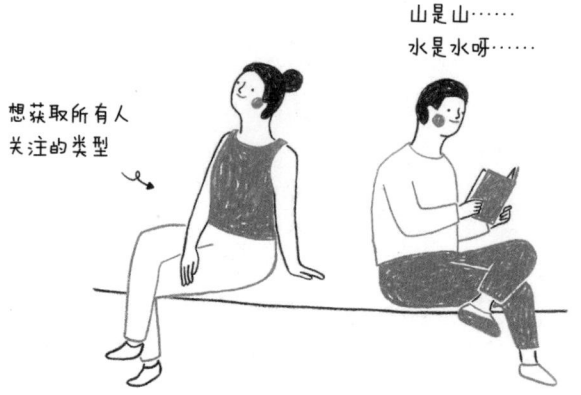

对我没兴趣的人，我也没必要特别在意。

珍惜我的人,我也珍惜她们。

05 安定与热情之间

虽然嘴上这么说,
但心里某个角落还是在期望什么。

那就是热情的瞬间。

我记得曾有这样一句台词"恋爱是让大人们期待明天的梦想"。心理上的安定、愉悦、归属感等,每个人在恋爱中期待的价值的顺位都不一样,但是大家共同期待的或许是乐趣吧。是的,恋爱是为了开心。无论这个人对你多么好,多么令人舒适,如果在一起的时候一点乐趣都没有,那就很难发展为恋爱关系。至少,两个人的笑点应该是一样的。

但遗憾的是,乐趣有可能会不稳定,安定感的背后往往是无聊。也就是说,安定的同时没办法做到活力充沛。两边都想要的人就好像那个要求设计既简约又华丽的客户。

可能是因为我对这种不可能的条件抱有期待,所以通常没有和我合得来的人,满足这种条件的人本来就不多。

我们渴望安定感的同时会在某种程度上伴随着厌烦,如果不想失去乐趣,那就要做好接受不安定的准备,至少要知道自己能忍受不安定到什么程度。

在和一个人建立某种关系之前,不妨先给自己看重的价值做一个顺位排序吧。

06 不酷也没关系

谈恋爱的时候,不要因为没办法
理性判断某件事而过于责备自己。

足够理性的爱情,是真正的爱吗?

我们只是没有表达出来。

实际上,谁都不能进行一场
酷酷的恋爱或酷酷的离别。

07 致忧心忡忡的你

有时候，只是刚刚对某个人心动了一下，
却开始担心两个人以后的发展。

我喜欢你，但我害怕你并不这样想。

只是轻松地见个面，

却暗自想"少付出一点真心比较好吧"。

在开始一段关系之前,就揣测还未发生的事,并不能让你避免负面结果。因消极揣测而产生的不安感,有可能会使得你反应过度,对对方步步紧逼,这可能成为关系恶化的导火索。

当然,像个毫无戒备的孩子一样向对方敞开心扉,也未必是一段关系的好开端。思考应该在何时敞开心扉以及敞开多少,无疑有利于自我保护。但是,如果你觉得当下这段关系对你而言很珍贵,那就不要让它被你对未来的担忧夺走。也许,把担忧抛之脑后,将会有惊喜。

> **让人际关系变好的小技巧**
>
> 不要过早担忧还未发生的事。如果事与愿违,请相信上天一定另有安排。

08 既然有缘无分，那就顺其自然

为什么我和她没能修成正果呢？

也许是因为我当初的付出不够多吧？

原本想坚守的想法，
也不受控制地消失了。

其实这样也好，
让一切顺其自然吧！

09 与其勉强原谅,不如直面伤害

面对别人带来的伤害,
稍微能减轻痛苦的方法是,

尽可能地封闭全身的感觉,
以旁观者的视角看待它。

千万别勉强自己去原谅,

而要直面伤害,从痛苦中走出来。

这样，你才能成为全新的自己。

我们每次在人际关系中受到伤害时,都会费尽心思地否定、规避那段记忆,但是它在一定程度上已经潜入感知、留在心里,变成现在自己的一部分。

对我来说,当我想安抚受伤的心时,比起读小说或散文我更愿意读社科书。这是因为,无论是从进化的角度看待人的行为,还是带入心理学理论进行思考,都对减少痛苦有所裨益。

那些背叛、离别、身体上或精神上的暴力会给我们造成大大小小的伤害。虽然这些伤害本身就已经足够令人痛苦,但是因为无论如何都无法理解和接受那个"做了我不会做的事情的人",所以心里的伤口并不会消失。

在人生的一些重要节点上,如果那些伤口阻碍了我们的成长,那么直面伤口,让它过去会更好。如果这个过程让你更加痛苦,那就冷静地回头看看那些还没有愈合的伤口,重构那些记忆。

唤醒那些伤痛记忆,重新思考,在心里充分消化,或许我们就能更轻松地从痛苦中走出来。

10 我的各种情感总是正确的

我最喜欢的声音。

我不想听到的声音。

熟悉的语气。

想忘记的语气。

我喜欢的香气。

我讨厌的香气。

我喜欢你这一点。

我讨厌你那一点。

我们果然很合适。

我们一开始就不合适。

在一段感情中，我们明明知道很多事情没有理由，却还是在相爱时为两个人必须在一起制造理由，也会在离别时为两个人必须分开制造理由。是因为我们害怕感情用事的自己会被认为是一个不成熟、不懂事的人吗？似乎只有让自己理性的一面接受自己感性的一面，我们才会安心。

然而，这些理由其实没什么意义，有时甚至与事实相去甚远。在情感消失殆尽之后，记忆有很大一部分会被重新编辑。因此，当我们历经一切再回头看的时候，就会意识到曾经觉得无比合适的理由只不过是自己勉强安上去的。

回顾那些没能早一点结束的关系，我们常常会发现到处都有应该立刻结束的征兆，但当时完全没有觉察。对于同样的状况，由于赋予的意义不同，则会有完全不同的解释。

因此，在一段感情中，我们没必要为了做出所谓的正确选择而制造理由。即使没有这样的理由，我们感受到情感本身也是正确的。

11 各自的回忆

♦

每个人都在以自己的方式储存记忆。

经历过相同场面的两个人,

在某一天的不同时间和不同空间，

用完全不同的方式回忆过往。

12 关系可信,但人不可信

被曾经信任过的人伤害,

让我感到痛苦的并不是伤害本身,

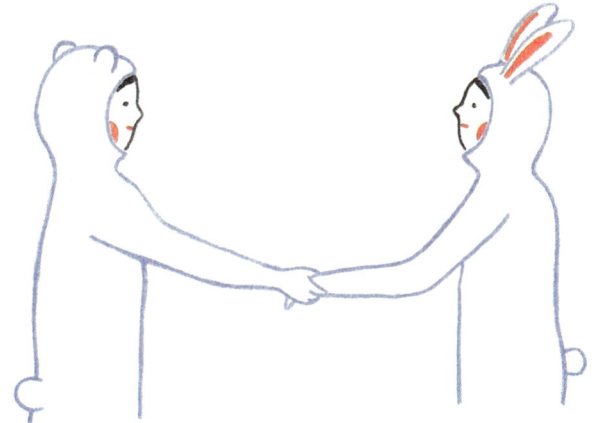

而是它让我讨厌曾经信任过对方的自己。

关系可信，但人不可信。这是我在人际关系中告诫自己一定要记住的铁律。

　　我认为，包括我自己在内，有些人是脆弱且不能轻易信任的。人为了生存，有时会改变自己的信念和立场，并且希望任何人都不指责这一点。

　　但是说实话，完全信任别人的人是多么珍贵啊。如果你正好怀有这样一颗赤诚之心，我希望你不要忘记，你已经是一个足够珍贵的人。

> **让人际关系变好的小技巧**
>
> 　　如果你被曾经信任过的人伤害，那就让那个不珍惜你的人自责去吧！

13 虽然很孤独，但是不想谈恋爱

虽然很孤独，但是不想谈恋爱。

虽然很孤独，但是不需要结婚对象。

对我们来说，

需要的是……

爱!

每当令人恐惧的无聊与孤独"喷涌"而出,我就会尝试去见见新的人。但是,面对一个想要的似乎不是人生伴侣的人,我常常选择关上心门,并对恋爱、婚姻以及随之而来的所有关系产生怀疑。虽然我渴望"两个人在一起"带来的安定感,却没有信心承担婚姻带来的各种压力。

我们必须结婚吗?如果不结婚的话,真的会非常孤独吗?这种心态能坚持几十年吗?什么时候才能习惯一个人的状态呢?恋爱和婚姻真的能填满内心的空虚吗?我们为什么一定要为了恋爱,为了婚姻而相爱呢?

也许以后也很难找到这些问题的答案。但是根据现有我的经验来看,有一点已经很明确了,那就是在表面关系中消耗的时间越多,孤独感和空虚感就越深。所以,我更害怕了,害怕遇不到合适的爱情就得被塞进社会定下的框架中,害怕自己也不得已陷入形式的洪流中。

无论是恋爱还是婚姻,希望任何一种结合都是出于爱,希望延续爱的形式本身不会成为一种目的。

14 无论何时，都能做出更好的选择

为了好好整理已经结束的恋情，

不知道从什么时候开始，不再相信命运，
而是相信选择。

是把过去的恋情当作无可奈何的伤口掩盖,

还是当作我曾经选择过的过程,
都由我自己来决定。

所谓命运,
只是给万千偶然之一赋予的意义而已。

对于那段不堪回首的恋情，如果你认为它是命运使然，它就会在你心中留下一道难以愈合的伤口；如果你沉湎于自己不幸的样子，状况就更加不乐观了。这和你认为"以前的我没有改变现状的能力"如出一辙。

单方面认为自己受到伤害，有可能会让你产生受害者意识。当你在类似的关系中遇到矛盾时，也会认为这是无法调和的。如此一来，你就会陷入这样的被动角色中无法自拔。

当你整理曾经的关系时，一定要转换思维，将之视为自主选择，而不是命运使然。所谓自主选择，就是说在这段关系中，你是拥有主动权的一方。如此一来，因害怕受伤而关上的心门是否要重新打开，这个选择权便掌握在你的手中。

要和谁继续走下去，要和谁断绝来往，要和谁保持距离，你都可以自主选择。即使自主选择之后又后悔了，也没关系，因为你会在选择中学会怎么做出更好的选择。

15 不再追究给我带来伤害的人

对于那些给我带来伤害的人,
我决定不再追究。

否定自己的记忆,
也许就是否定自己。

然而，有些记忆不得不掩埋。

如果记忆涌来,让你无法入睡,

那就静静地等待它像灰尘一样消散吧。

16 能无条件拥抱我的只有我自己

小时候没有得到无条件的爱的人，

在一段亲密关系中往往会表现出特定的模式。

有时候自己都难以理解的行为背后，

无解的疑问在不停地打转。

不管怎么样,
也许能无条件拥抱我的只有我自己。

擅长自我管理但是一谈恋爱就一团糟的人，认为自己只能展现接近完美的一面而陷入压迫感的人，突然变成和在别人面前性格完全不同的人……有的人恋爱时的样子和平时的样子判若两人，就好像是在测试恋人可以包容他或她到什么程度一样。

关系越亲密，就越会期待无条件的爱和包容，这是大部分人都有的非常自然的心理。然而，如果这种心理脱离了社会观念上可以接受的或者对方可以接受的范围，发展为实际行动的话，这段关系便有可能产生裂痕。

有心理学家指出，这种心理可能来源于幼年时期出现的依恋人格，它根据从父母或主要抚养者那里得到的无条件的爱与包容的质量而有所不同。一旦父母没有做好解释，孩子在成年之后就有可能对父母产生怨恨，从而停滞在不成熟的状态。

过去无法改变。为了自己的成长，为了将来更健康的关系，我们必须在某一个时刻放下过去，尽管这并不容易。

虽然我们已经长大成人，但是能给予心中依然还是孩子的自己[1]无条件的爱的人，也许只有自己。

---

[1] 一个人的精神世界中像独立人格一样存在的孩子状态。

17 就算不和所有人关系好,
我也非常不错

希望你知道,比起成为一个左右逢源的人,

即使只取悦自己,你也足够优秀。

比起以朋友数量来评价社交质量,

你可以创造适合自己的社交质量评价标准。

希望你接纳不和所有人关系好的自己。

能够和自己好好相处,也非常不错。

或许这就是年纪增长的正向功能吧。相比以前,我现在对很多事情都看得开了,对自己的价值判断尤其如此。如果是几年前,我可能会先追究自己的错误:"我是一个足够好的人吗?""我的行为是否成熟、稳重呢?"诸如此类,但是现在也能从容地理解自己了。因为我决定放下心理负担,不强求自己必须在所有关系中成为一个好人。我要解放自己。

我们没必要在所有人面前当好人,也不必和所有人关系好(为了维持生计的最基本的工作关系除外)。讨厌一个人就在心里偷偷地讨厌,然后远离就好了。遇到社交达人该怎么做,遇到"社恐"又该怎么做?我们可以按照各自的取向和价值观建立关系。

回想过去,在学校和社会里遇到的人当中,当初在意我、和我维持关系的人,现在反而几乎都疏离或者忘记了。过度粉饰才能维持的关系,随着时间的流逝,自然而然就结束了。

如果我有机会对二十出头的自己说一句话,我一定要让自己记住这个道理。

让人际关系变好的小技巧

　　执着于他人的"好人"评价而建立的人际关系，可能是浪费精力。越早认清这个现实，就越会相信自己能活出更有智慧的人生。在和所有人关系好之前，不要忘记和自己好好相处才是最重要的。

18 单身礼金

对单身人士来说，往外撒钱是一件无法避免的事。

而别人结婚、生子,又收钱又收礼物……

这真是令单身人士倍感委屈呢!

现在，让我们创造给单身人士礼金的文化吧！

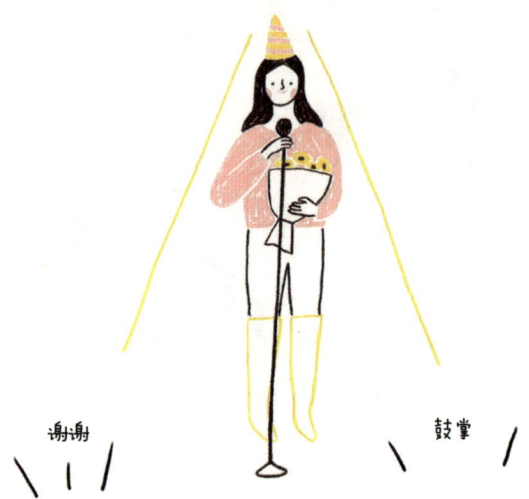

单身人士的生活，是多么艰难啊……

一切都要自食其力。

（莫名悲壮）

19 人无法控制的是人心

不知道从什么时候开始，我不再挽留想要离开的人，

不寻找理由也不埋怨，

只要各自安好就足够了。

随着年纪的增长,我认清了一件事,
那就是"人无法控制的是人心"。

看上去凑成一对的两个杯子,
也许其中一个早就想分开了。

凡事不可强求,何况是人心呢?

愿我们在各自的世界里熠熠生辉。

为什么对方不再喜欢我了呢?

为什么对方要狠心离开我呢?

……

对于这种无解又无益的问题,我们都曾不甘心地去寻找过答案。然而,回头一看才发现,再也没有比挽留已离去的心更愚蠢的事了。

有人忠告说"该来的总会来,要走的留不住",以这样的心态面对恋情,才能进退自如。可是,现实中又有谁能做得到呢?像我这样平平无奇的人,很容易对这句话产生误解,以至于活成"我什么都不需要,人生到头来都是一个人"这样的厌世者。

人无法控制的是人心。我们连自己的心思都无法确认,却总是消耗许多时间和精力去揣测别人的心思。何苦呢?在揣测别人的心思之前,先关注自己的心思吧。力不能及的事情,就不要去强求。

20 心脏寄存处

有时候,心真的很痛。

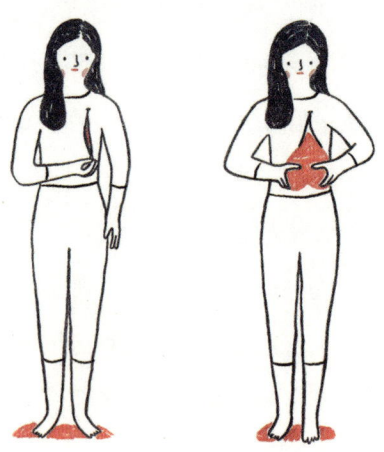

当你觉得要是没有心脏就好了的时候。

那就把它放到"心脏寄存处"吧!

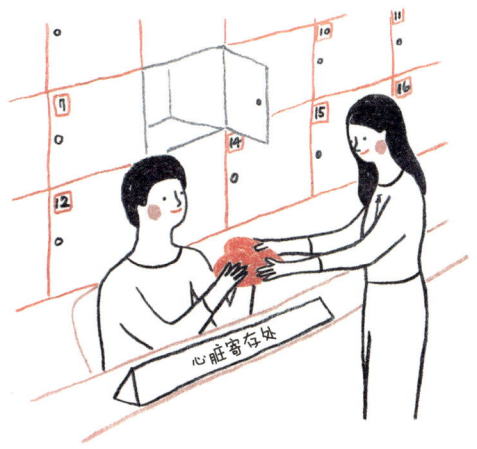

当你有了承受痛苦的勇气时,
再去把它拿回来。

每当遇到难以承受的事或给自己带来精神压力的人,我的身体都会处于生病的状态。人的身体和心互相连接,所以心痛苦的时候,实际上身体也病了。这在心理学上被称为"躯体化"。在那些无法适时照顾好自己痛苦的心或经常逆来顺受的人身上,往往会出现这种防御机制。

在我的身上,主要症状是突如其来的偏头痛、消化不良以及日益加重的失眠。以前从未出现过的症状,比如晕车、耳鸣、起荨麻疹,甚至牙痛,都罕见地出现了。

这种时候,如果先找出产生精神压力的原因并对症下药,那么身体上的症状也会神奇地得到缓解。

经历过几次"躯体化"之后,那些内心难以捕捉到的压力,常常能通过身体的变化捕捉到。

现在,哪怕我的身体上只出现一点点与以往不同的症状,也一定会立刻停下手头的事情,随即审视当前的状况以及与周围人的人际关系。这种方法妙不可言、效果显著,它让我省下了不少医药费。

很多人都经历过"躯体化",只是程度上有所差异罢了。比如心痛的时候,似乎真的能感受到心脏的位置很"痛",我们就会希望心脏以及能感觉到痛苦的器官全都消失。

这种时候,一定要好好思考一下,当下的自己是不是被无法承受的事情吞没了,是不是距离让自己心累的人太近了……如果疲于应对,最重要的就是暂时停下脚步,给自己一些回头看的时间。然后,我们要找到能让痛苦的心喘口气的方法,这样才可能守护身体健康。

21 一个人也没关系

你有过这样的想法吗?

交友、谈恋爱,

结婚、生子，

都不在自己的考虑范围内。

我们真的能习惯一个人吗？

如果你不想习惯，那你就无法习惯。

前几天独自去旅行时,我好像成了在额头上贴着写有"一个人"的便利贴的人。虽然我平时也喜欢在人群中享受孤独,但那种孤独是相对的,而此次我进入了一种绝对孤独的状态。与日常生活中"只想一个人静静"的孤独状态相比,绝对孤独的状态并没有我想象中那么潇洒。在深入骨髓地体验过这种状态之后,我赶紧恢复到了常态。

据说,我们的大脑在面对社会归属感丧失所带来的痛苦时,实际上是通过和感受身体痛苦一样的方式做出反应的。人类的基因中包含"只有群居,才能生存"的信息,因此习惯孤独并变得泰然自若不是意志的问题,而是生存的问题。我们无法习惯孤独或无法我行我素,其实是天性使然,并不是因为我们很依赖他人或很软弱。

也许我们都错解了"一个人"的意义。我们觉得自己总是一个人,实际上却几乎没有真正孤独过。我们将"一个人"神圣化了,好像只有能"一个人"生活的人才能进入真正成熟的行列。

从这一点看,偶尔将自己置于绝对孤独的状态也是不错的选择。也许当我们切身体验过"一个人"之后,才会知道自己需要什么程度的孤独,以及谁才是值得自己留在身边的人。

22 如果一个人也能过得很好的话

一个普通的夜晚,在平静的下班路上,

没有"吃饭了吗""不要太晚回家"
这种问题和唠叨的路上,

脑海里闪过一个想法：街上的霓虹灯真美啊！

如果一个人也能过得很好的话，
那么和其他人一起照样能过得很好吧？

现在是可以和某个人好好相处的时候了吗？

第 3 章

人的身边总是需要另一个人

01 你和我之间有一条看不见的线

虽然我对你很和善,

但这并不意味着我想和你更亲近。

虽然我希望你越来越喜欢我，

但是我自己做不到，是我太自私了吗？

在一起的时间越长，付出得越多，

我越害怕迷失自我。

除了家人，我会根据与朋友等熟人的心理距离，在心里画一条线。虽然不会写在日记里或者和对方说，但是需要互相帮忙的时候或者约会时间重合需要决定顺序的时候，我会先想到这条线。

有学者认为，在人际关系当中，只有保持适当的心理距离，才能坚守自我，过上健康的生活。从这一点来看，我的人际关系似乎挺健康的。

但是，让站在我所处的警戒圈之外的人进来，对我来说非常困难。在把某个人设定为亲密关系的同时，我会思考两人之间的那条线，有时还会过分执着于那条线。如果某个人试图跨过那条线，我会因为害怕迷失自我而产生恐惧。因此，即使是再亲近的人，也会让我感觉两人之间似乎有一条分隔线。

我究竟在害怕什么呢？我什么时候才能鼓起勇气去面对那"越线"的亲密关系呢？

02 不是很亲密的关系

有的时候，不是很亲密的关系，

反而会维持得更久。

所谓的亲密，

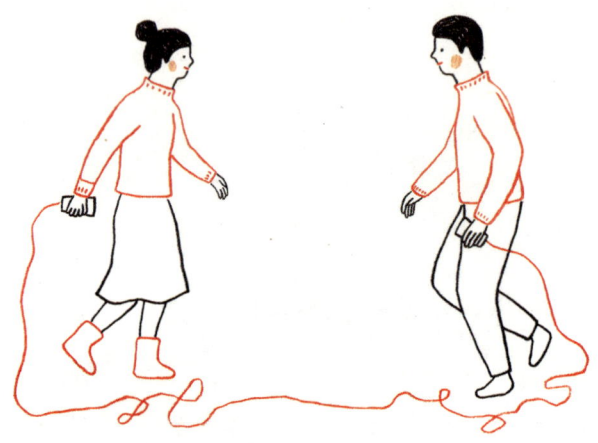

总是伴随着期待和失望。

正是因为变得亲近，所以也会更加别扭。

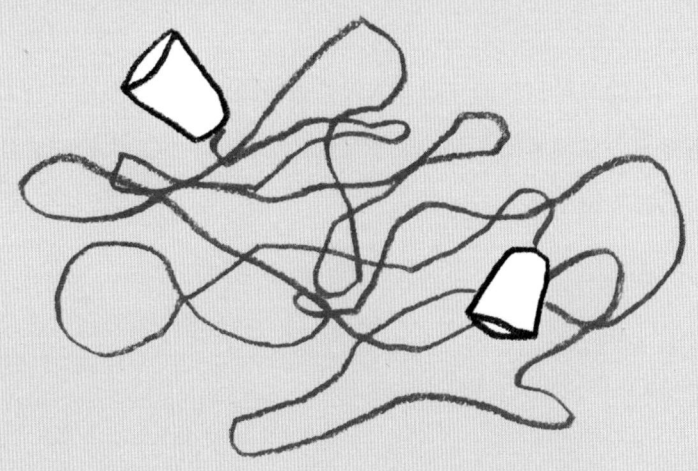

趣味相投的朋友，职场中的同事，偶然认识的人……对患有社交恐惧症的我来说，就算我想对逐渐扩大的社交圈给予源源不断的关注，成为一个人脉广泛的社会人士，也是有心无力。

我想把珍惜的人放在首位，又奢望不伤害或者失去另一个人。然而，人际关系不能只靠我一个人来维持。我单方面地配合对方的亲密感需求或者与所有人都志同道合，显然是不现实的。

有的时候，我们与对方要保持适当的距离，就像是两个人各攥着一条绳子的一端，太紧绷的话可能会断裂，太松的话可能会缠绕在一起。

让人际关系变好的小技巧

不要太过，也不要太软；不要太近，也不要太远；不要太热情，也不要太冷漠。我们就试着成为"关系自由人"吧，根据情况，让自己适当地转移到舒服的关系状态中去。

03 心中合适的缝隙

如果连接两人之间关系的绳子断开,

各自就会把那条绳子绑起来做成保护网。

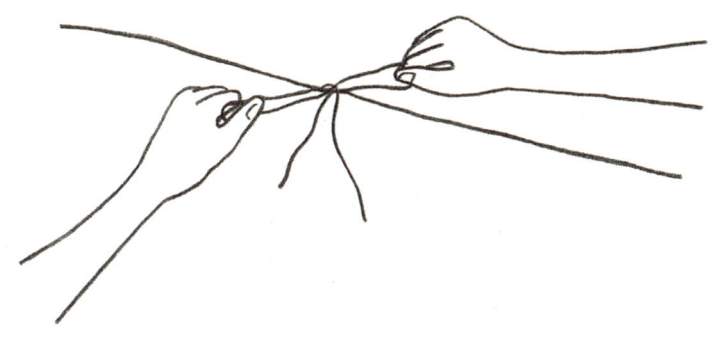

虽然严密的保护网
能让我免受私人关系的伤害，

但同时别人也渐渐难以进入我的空间。

这种时候,在保护网上为我打开合适缝隙的,
是我的好朋友们。

04 一个人与一群人之间

没收到聊天信息时会很孤独,
收到聊天信息时又很烦恼。

和一群人相处时,很快就变得疲倦;
一个人独处时,很快就变得孤独。

一个人独处时感觉自己不完整，

却又不想和一群人相处。

有些人的感觉临界点非常低。他们不仅很怕冷，还很怕热。因为他们的感觉状态会随着外部刺激而立刻转换。

还有些人的情感临界点非常低。他们和别人在一起的时候很容易疲倦，身边没有任何人时又立刻感到孤独。也就是说，在建立关系的时候，他们情感状态很快就会从这一端滑到那一端。因此，他们一个人的时候感觉自己不完整，将自己置于关系之中又十分吃力。

但是，这些"反复无常"的人也需要亲密关系。他们在维持关系的时候就像平行玩耍[1]一样需要个人空间。这是在保持适当距离的同时慢慢地增加亲密感的方式。运用这种方式，既不会失去个人空间，也不会放弃珍贵的人。

---

[1] 儿童玩耍形态中的一种，指的是虽然在儿童群中间玩，但是互相不接触也不干涉，自己一个人玩。

05 没有非他不可的人

每个人都有自己能接受的人际圈界限值,

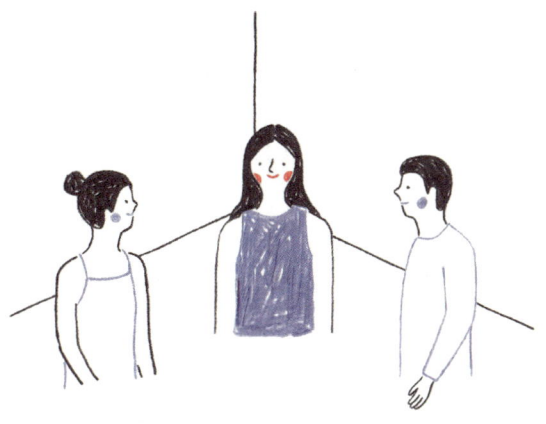

挤满的时候只有清空了才能重新被填满。

世界上没有非他不可的人,

只有把不尊重自己的人都过滤出去,

才能把位置留给更好的人。

当我的自尊心比较低的时候，周围有很多随意对待或者不尊重我的人。当时的我觉得这种情况是理所当然的，并且接受了它。到这为止，我还算是正常人。但是，当我的自尊心低到谷底的时候，我甚至会觉得一切都是自己的错，是自己太自私，不懂得为别人做出牺牲才被别人这样对待。

也许眼下会觉得空落落的，但最好还是尽快远离让你觉得不被尊重的人吧。就算害怕饥饿，也没必要用难吃的食物填饱肚子。对于不关心你、随意对待你的人，你一定要在习惯和他的关系之前把他过滤出去。凭借自我牺牲才能维持的关系，既不平等，也没有意义。

让人际关系变好的小技巧

把不尊重你的人过滤出去后所带来的空虚感，到头来会成为你遇见更好的人的契机。

06 某个人闯入内心的话

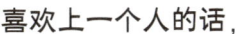

喜欢上一个人的话,

我们会很神奇地选择性地看到与对方有关的东西。

看到个性与他类似的路人，

看到笑起来很像他的艺人，

哪怕是闻到与他身上相似的香气，也会想起他。

07 光心动是不够的

他是很好，但是我会胡思乱想，很不安……

也许你对他的喜欢还没到能够消除你不安的程度。

嗯……

或者你已经知道了，有些东西光靠喜欢是不够的。

前段时间，我参观了多部电视剧的拍摄。熟悉后，就算对方只念出一两句台词，我也能轻松又准确地猜测出后面的台词，然后对这样的情节嗤之以鼻。说得好听一点这叫经验，但这种经验总会扰乱我的心思。即使对某个人产生了喜欢的感觉，我也会在享受心动之前就胡思乱想，变得不安。

当你无法鼓起勇气建立一段新的关系时，为什么不从人生的舞台上下来当一次观众呢？用一种"故事会如何发展，让我们拭目以待吧"的心态从所处的关系中退出，也许会发生更有趣的故事。

08 缘分什么时候才会来啊

大概就是我们最不想一个人的时候。

有时候,尽管想一个人待着,
但也会有人需要我。

只有下定决心想要另一个人的瞬间,
才不是一个人。

09 要敢于全心全意付出

最重要的是，要敢于全心全意付出。

只有这样，才能遇到相守一生的人。

对我们来说,即使一段感情结束了,也能从中学到经验、获得成长。

我已经学会如何适当地把自己的感情融入一段关系中,不会再把心投入危险之中了。应该在什么节点停下折腾的心,全身的细胞会首先感知到。

无论遇到什么样的人,这个过程中反复出现的恒定因素是"我"。通过各种关系,认识到自己不同的状态,一定会有所成长,就像经历过一两次喝酒喝断片儿之后就知道"再喝下去就会醉"是什么时候了。

不要害怕全心全意付出后却没有结果。所有的关系,最终都一定会以某种形式给你留下经验。

10 我决定不再执着于一起度过的时光

不知道从什么时候开始,
不再关心老朋友的生活。

这是年纪增长的过程中必然发生的变化吗?

共同的兴趣点变少，亲密度变低。

再次见面却说不到一块儿去。

会有莫名的距离感和空虚感。

那个位置上留下了所谓朋友的义务感。

无法经常与老朋友见面,这让我耿耿于怀。是因为愧疚,还是因为伤心呢?这种情感很难解释。遗憾的是,想念不是那众多情感中的一个,这让我很过意不去。虽然也不是完全不想念,但是比起现在的我们,它更接近对过去的想念。

随着岁数的增加,每个人生活的面貌都在改变,心与心的距离也在拉远,这都是再正常不过的事情。但是有时候,一些莫名的义务感会积压在心里。也曾想过定期和老朋友见见面,但是见过面之后,一种和以往不同的虚无感和悔恨感从心里冒了出来。应该见的人有很多,真正想见的人却没几个。

友情的深度和时间长度并不一定成正比。无论是老朋友还是新朋友,我决定不再执着于开始的时间和一起度过的岁月。要更珍惜哪一段关系,只是个人的选择问题。我想尽可能地去见见那些能分享快乐的人。因为这是只活一次的、短暂的人生。

11 友情是什么

友情是什么?

聊起平时不关心的对方的生活,

时而兴趣盎然,时而点头赞同。

朋友喜欢的东西，
一定要无条件称赞。

12 人的身边总是需要另一个人

曾经我是个无论做什么
都能一个人做得很好的人。

我认为，就算我消失了，对别人来说也不是什么大事。

反过来说，这样也可以保护自己不被别人伤害。

可实际上，人的身边总是需要另一个人。

我有个看起来非常独立的朋友。尽管我已经和她认识很长时间了,但还是感觉和她不是很亲密,因为她从不会主动谈及自己的烦恼,也不会寻求我的帮助。我曾经觉得,无论什么事她都能独自做好,所以对她来说并不是特别需要我吧。

也许像她这样的人随着岁数的增加也会发生变化,我们不知道从什么时候开始变得爱谈论彼此的烦恼和情感。那个时候我才知道,其实她也希望有个人可以依靠,还知道了她曾在数段渐行渐远的关系中努力让自己变得坚强。

在一段关系中感受到新的亲密感之后,相较于以前认为自己不会对对方产生什么影响,我平添了一份责任感。

后来,我看到这样一个观点:养育有生命的东西的人,往往因为有了责任感,所以会更加积极地应对生活。让患有抑郁症的人养植物或者动物也是类似的道理。

人活着,对自己以外的存在产生影响,这就像生命力一样。我们都在不知不觉间依靠对方而生活。人的身边总是需要另一个人。

13 在各自的人生中各退一步

真正的爱不是以珍惜对方为由试图掌控一切,

也不是以保护对方为由代替对方做任何事。

说不定这只会让对方产生负债感。

做自己真正想做的事，

不要对彼此感到抱歉，

也许真正的爱情就是这样。

在相爱的过程中，我们常常更在意能"给"对方什么，因此互相照顾、互相担心、互相珍惜、互相保护……

但是，我们一定要小心这种"给"背后的补偿心理。付出了多少爱就想得到多少回报，这种心理有可能造成我们占有对方生活一定比例的错觉。而觉察这种心理的对方往往会不断地产生负债感，认为自己应该把收到的爱还回去。

"他对我这么好""为了我，他牺牲了这么多"这种类似的想法让我们相比于自己的选择更重视对方的心情。所以，在对方没有积极赞同的时候，我们会犹豫不决，就连关乎自己人生的选择也没有信心，并感受到莫名的压迫感，开始察言观色。结局就是，对方不同意的事情，我们不敢尝试甚至还会放弃。

为了把所爱之人的人生和选择拉往自己想要的方向，悄无声息地植入负债感操控对方，这往往不是爱。比起为对方付出很多，在各自的人生中各退一步，会更有利于形成一段健康的关系。

让人际关系变好的小技巧

要想让付出的爱有意义，必须以尊重对方生活为前提。不要忘记，尊重既是走向健康爱情的第一步，也是最基本的要素。

14 不会被时间冲淡的东西

不会被时间冲淡的东西,
可能是那些不经意的瞬间。

只有我知道的特有的表情或者小习惯，

以及感觉非常温馨的细小瞬间。

尽管岁月流逝，记忆变得模糊，

但我知道至少那一瞬间的感情是真实的。

15 不要把关系当作创造幸福的道具

他人的存在本身
不是打开幸福之门的
关键性钥匙，

好的家庭、好的恋人、
好的朋友才是。

人只要下定决心追求
幸福，就能变得幸福。

◊

　　人体的70%是水。那么剩下的30%是什么呢？对我来说，焦虑似乎占据了那30%。因为我原本就是焦虑指数比较高的性格，所以我最珍惜的就是能够与之坦诚分享焦虑感的人。

　　和几个朋友出于种种原因而渐行渐远的时候，一开始我以为自己只是对于空出来的位置感到落寞。但是回头一想，和朋友在一起的时候我也常常很落寞。这时候我意识到，我是一个被朋友包围的时候，和恋人在一起的时候，甚至和最亲近的家人在一起的时候都会感到落寞的人。如果你是一个和别人在一起也感到落寞或者比起自己一个人反而更落寞的人，就能理解那份心情。

　　反过来看，某个人的离去或者存在本身很难对我的幸福产生大的影响。仔细一想，我感受到的并不是他人离去带来的落寞，也许是对于最重要的情绪（对我来说是焦虑，但每个人都有所不同）或价值的消失产生的恐惧。

　　和别人在一起，很明显是为了给自己安定感。但是，我们很难期待这能填补个人内心深处的空缺。尽管如此，我们作为社会性动物，还是需要能给我们带来安定感的人。

我们的幸福只能由自己负责。而幸福能在各种各样的关系中变得更美好。如果知道这一点，和爱的人在一起就会感到更满足。

16 食物的香气和风的气息

我曾经吃过非常好吃的食物,

仔细一想那是和非常要好的人一起吃的。

因为我们的记忆凭借感觉存在，

所以食物的香气和风的气息
总是让我们想起过去的时光。

17 真的和我一模一样

我们擅长寻找和所有喜欢的人的共同点。

实际上,比起共同点,不同点可能更多。

我和圆圆更像,
我们简直就是灵魂伴侣.

也许"真的和我一模一样呢"
的真正含义是——

"我想和你分享更多"。

因为我们总是一起
度过相同的时光。

在电影《和莎莫的500天》（500 Days of Summer）中，主人公汤姆对同事莎莫产生了好感，而对方仅仅因为汤姆和自己喜欢同一个音乐家的音乐，就单方面地相信自己遇到了真命天子。这时，汤姆的妹妹忠告："不要因为漂亮的女人和你有同样的兴趣爱好就觉得她是你的真命天女。"

也许是因为我们总想和喜欢的人分享点什么，所以我们给两人之间小小的共同点赋予了巨大的意义。很多时候，有共同语言或默契想法都只是某一方的"单相思"。客观来讲，人们愿意相信的"灵魂伴侣"大都是抽象的、充满幻想的。"合得来"的另一种表达，实际上是"我对你有好感，所以我想在其他方面也和你发展一下"。

我们努力寻找和喜欢的人的共同点，也拼命地寻找和讨厌的人的不同点。对于那一两个"点"，我们有时轻易地忽视，有时强烈地否定。这种判断他人和自己的共同点或不同点的标准，似乎会随着好感度发生截然不同的变化。

因此，如果总是看见某个人和自己的不同点，就可以把它解释为"啊，原来那个人会让我觉得不舒服啊"，然后和他保持距离。相反，如果遇到和自己有很多共同点的人，在赋予过多的意义之前，首先要肯定自己心中涌现的好感。

希望你能向对方传递此时此刻的真心，不要因为担心对方有可能不是自己命运里的另一半而错失时机。

18 有很多事情比吃饭更重要

每个人都有这种错觉：

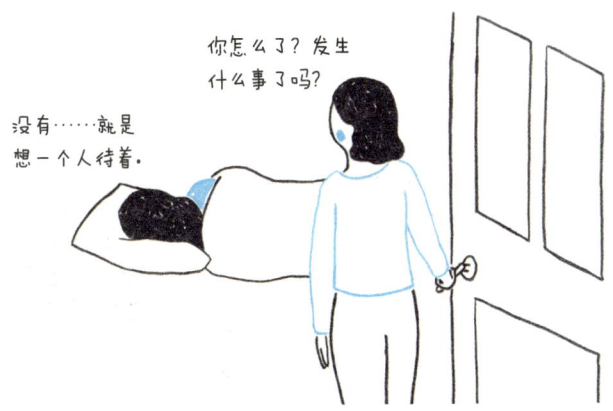

自己欠缺的地方别人也欠缺。

我们常常不知道
对方真正需要的是什么。

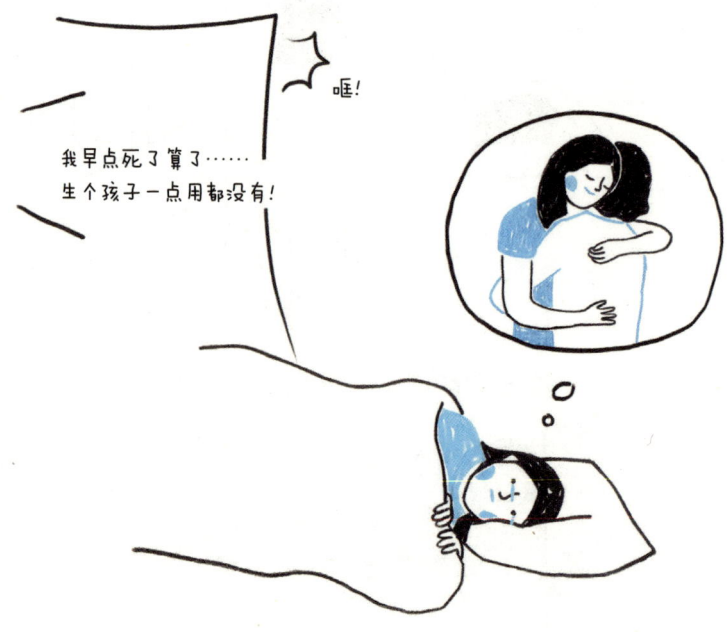

深入了解后才知道,明明彼此都清楚,

可是告诉对方为什么这么难呢?

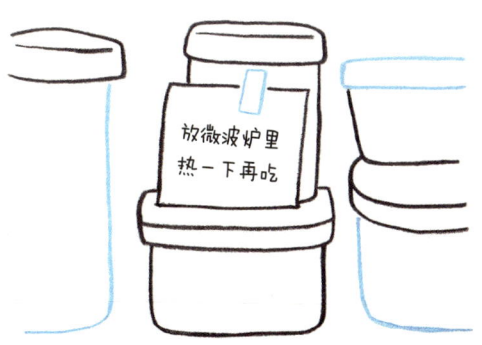

我们通过问"吃饭了吗"向朋友问好,通过说"下次一起吃饭"向朋友邀约。虽然我们对这种社交方式再熟悉不过,却从未真正关心过某个人的三餐。也许,真正关心我们有没有好好吃饭的人,只有我们的父母吧。

有人说,人在成长的过程中会把自己有缺陷的部分带给爱的人。这就不难理解有过吃不饱饭经历的父母为什么总是劝儿女好好吃饭了。但是,比起被催促吃饭,我更希望父母能说一句认可我、理解我的话;比起丰盛的饭菜,我更希望父母能静静地拥抱我。可惜,他们总是做不到。对我来说,世界上有很多比吃饭更重要的事啊!

每个人都有欠缺的地方。缺少成就感的人,不被认可的人,情感受伤的人……然而,很多人用自己的缺陷滤镜去观察别人,甚至以偏执的方式去安慰或忠告。

每个人都不可避免地通过自己的经历来理解这个世界。只是,我希望你能深入了解所爱之人的内心世界,并展示自己的真心。这样,你就可以学会另一种爱的方式了。

19 减少没有意义的人脉负担

我不想再费力气维持
那些没有意义的表面关系了。

"毕竟世事难料"

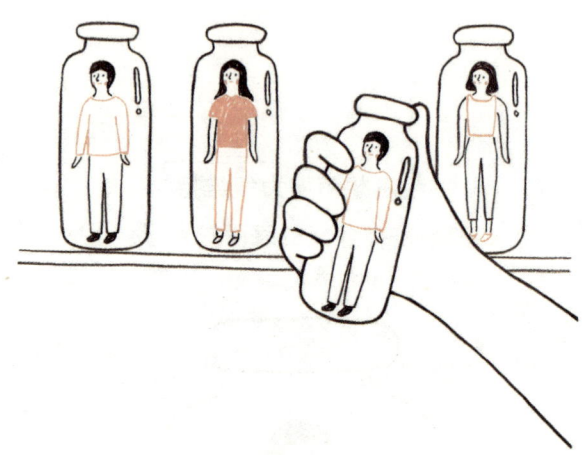

"说不定什么时候我也会需要帮助",
靠这些理由联结起来的关系——

我决定放下了。

因为我知道,最重要的人
此时此刻正陪伴在我身边。

有些原本很亲近的关系，在某些瞬间自然而然地就变得生疏了。我们离开学校后各自努力生活，有的朋友还能见个面、叙叙旧，有的朋友却杳无音信、断了联系。对于后者，就好像我被对方从生活中删除了一样，心里不禁有点儿悲伤。

特别是在大家都到了所谓的结婚适龄期时，人际关系上有的变化简直让人失望。我厌烦了那些只在有喜事的时候才虚情假意地跟我联系的人。每次以就职、跳槽、结婚、生子这种事情为起点重新建立联系的时候，我都会过滤一些曾经认识的人，从而减少没有意义的人脉负担。

有句话说，在自己需要的时候，以不可思议的时机出现的人是一生的缘分。朋友之间也是这样。他们合乎时宜地出现在我的生命中，互相分享细碎的日常，有什么比这更重要的呢？

在一定的时间和精力范围内，我一个人能承受的亲密关系的总量也是有限的。我只能平静地接受随着生命周期发生变化的人际关系，同时对此刻在我身边的人倾注真心的爱。

让人际关系变好的小技巧

和某个人认识的时间长度和关系深度一定成正比吗？在关系中真正重要的不是显而易见的时间，而是即使看不见也能感受到的心意。

20 虽然时间短，但有分量足够的真心

在相爱之前一定要知道的事情是，

无法遵守承诺的同时说我爱你的人
比想象中更多。

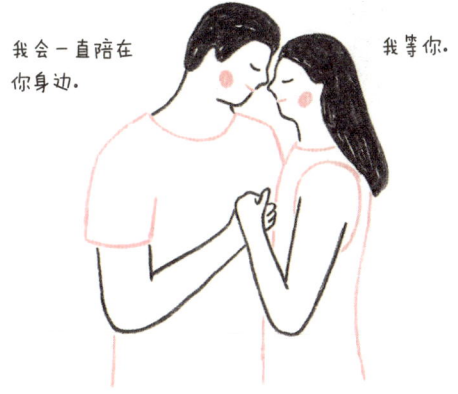

还有一件事情也一定要知道，

那些话至少在那一瞬间是真心的。

因为没法把心掏出来给对方看,
所以用语言来代替的那种真心。

21 打开彼此的世界

我曾经以为和另一个人变得亲密，就是某个人单方面闯入我现有的生活中，我必须给对方腾出位置。后来才知道，这大错特错。

　　每个人都有一个属于自己的宇宙，那里面飘浮着各自所谓的爱好、价值观、性格、外貌、习惯等星球。因此，当我们的世界和他人的世界相遇的时候，一定会发生大大小小的碰撞。这是一个痛苦的过程，但幸运的是，通过和他人的交流，我们能体验独自一人时无法体验的事情，从而发现交集、感同身受、包容彼此的不同。随着交流的深入，彼此的情感和想法也随之变得丰富起来。

　　不久前，我了解到树冠羞避现象，它是在某些特定的树种才出现的奇妙现象，即使空间很拥挤，相邻树木的树冠也互不遮挡，形成一个沟状的开口。这种现象像树木在互相"礼让"一样，为了不让其他树感到不便而保持一定的距离。

　　共同生活却互不侵犯的植物让我理解了共存的意义，也让我在人际关系中对从容地打开彼此的世界平添了一份信心。

22 能分享破碎的心的人

我们任何时候都需要的,

不是毫发无损,

而是帮我们捡起破碎的心,

陪在我们身边的人。

◊

　　这是成为自由职业者之前，我还是美术老师时的事情。

　　有个孩子坚持按照彩虹的颜色顺序来摆放彩色蜡笔。给线稿上色的时候，如果颜色涂到了线外面或者美术道具坏了，他就会发火并且哭个不停。从他身上，我看到了小时候的自己，所以对他格外关照。我想更用心地教导他，希望他的焦虑和窘迫感不会成为他人生的绊脚石。

　　就这样一起度过了几年，渐渐地这个孩子在遇到伤心的事情时会先和我说没关系。

　　有一天，他在专心上色的时候，彩色蜡笔断成了两截，他是这样和我说的：

　　"没关系。断了就变成两根了，不是更好吗？还可以两根一起画画呢！"

　　有时候，与想要安慰我们坚强一点儿的人相比，能够分享破碎的心的人更能给我们带来慰藉。也许我们真正需要的就是那一份心意。